紅樓夢第五十五回終

辱親女愚妾爭閒氣　欺幼主刁奴蓄險心

且說榮府中剛將年事忙過鳳姐兒因年內年外操勞太過一時不及檢點便小月了不能理事天天兩三個大夫用藥鳳姐兒自恃強壯雖不出門然籌畫計算想起什麽事來就叫平兒去回王夫人任人諫勸他只不聽王夫人便覺失了膀臂一人能有多少精神凡有了大事就自己主張將家中瑣碎之事一應都暫令李紈協理李紈本是個尚德不尚才的未免逞縱了下人王夫人便命探春合同李紈裁處只說過了一月鳳姐將養好了仍交給他誰知鳳姐禀賦氣血不足兼年幼不知保養

平生爭強鬬智心力更虧故雖係小月竟着實虧虛下來一月之後又添了下紅之症他雖不肯說出來衆人看他面目黃瘦便知失於調養王夫人只令他好生服藥調養不令他操心他自己也怕成了大症遺笑于人便想偷空調養恨不得一時復舊如常誰知服藥調養直到三月間纔漸漸的起復過來下紅也漸漸止了此是後話如今且說目今王夫人見他如此探春和李紈暫難謝事園中人多又恐失於照管特請了寶釵來托他各處小心因囑咐他老婆子們不中用得空兒吃酒鬬牌白日裡睡覺夜裡鬬牌我都知道的鳳了頭在外頭他們還有個怕懼如今他們又該取便了好孩子你還是個妥當人你兄弟

妹妹們又小我又没工夫你替我辛苦兩天照應照應凡有想
不到的事你來告訴我别等老太太問出來我没話回那些人
不好你只管說他們不聽你來回我别弄出大事來纔好寶釵
聽說只得答應了時屆季春黛玉又反了咳嗽湘雲又因時氣
所感也病卧在蘅蕪苑一天醫藥不斷探春和李紈相住間壁
二人近日同事不比往年往來回話人等亦甚不便故二人議
定每日早晨皆到園門口南邊的三間小花廳上去會齊辦事
吃過早飯於午錯方回這三間廳原係預備省親之時衆執事
太監起坐之處故省親已後也用不著了每日只有婆子們上
夜如今天已和煖不用十分修理只不過畧畧的陳設些便可

他二人起坐這廳上也有一處匾題着補仁諭德四字家下俗
語皆只叫議事廳兒如今他二人每日卯正至此午正方散凡
一應執事的媳婦等來往回話的絡繹不絕衆人先聽見李紈
獨辦各各心中暗喜因為李紈素日是個厚道多恩無罰的人
自然比鳳姐兒好搪塞些便添了一個探春都想着不過是個
未出閨閣的年輕小姐且素日也最平和恬淡因此都不在意
比鳳姐兒前便懈怠了許多只三四天後幾件事過手漸覺探
春精細處不讓鳳姐只不過是言語安靜性情和順而已可巧
連日有王公侯伯世襲官員十幾處皆係榮寧非親即世交之
家或有陞遷或有黜降或有婚喪紅白等事王夫人賀弔迎送

應酬不暇前邊更無人照管他二人便一日皆在廳上起坐寶
釵便一日在上房監察至王夫人回方散每於夜間針線暇時
臨寢之先坐了轎帶領園中上夜人等各處巡察一次他三人
如此一理更覺比鳳姐兒當權時倒更謹慎了些因而裡外下
人都暗中抱怨說剛剛的倒了一箇巡海夜叉又添了三個鎮
山太歲越發連夜裡偷著吃酒頑的工夫都沒了這日王夫人
正是往錦鄉侯府去赴席李紈與探春早已梳洗伺候出門去
後回至廳上坐了剛吃茶時只見吳新登的媳婦進來回說趙
姨娘的兄弟趙國基昨兒出了事已回過老太太太太說知道
了叫回姑娘來說畢便垂手傍侍再不言語彼時來回話者不

少都打聽他二人辦事如何若辦得妥當大家則安箇畏懼之
心若少有嫌隙不當之處不但不畏服一出二門還說出許多
笑話來取笑吳新登的媳婦心中已有主意若是鳳姐前他便
早已獻勤說出許多主意又查出許多舊例來任鳳姐揀擇施
行如今他藐視李紈老實探春是年輕的姑娘所以只說出這
一句話來試他二人有何主見探春便問李紈李紈想了一想
便道前日襲人的媽死了聽見說賞銀四十兩這也賞他四十
兩罷了吳新登的媳婦聽了忙答應了個是接了對牌就走探
春道你且回來吳新登家的只得回來探春道你且別支銀子
我且問你那幾年老太太屋裡的幾位老姨奶奶也有家裡的

也有外頭的有兩個分別家裡的若死了人是賞多少外頭的
死了人是賞多少你且說兩個我們聽聽一問吳新登家的便
都忘了忙陪笑回說道這也不是什麼大事賞多賞少誰還敢
爭不成探春笑道這話胡鬧依我說賞一百倒好若不按例別
說你們笑話明兒也難見你二奶奶吳新登家的笑道既這麼
說我查舊賬去此時卻不記得探春笑道你辦事辦老了的還
不記得倒來難我們你素日回你二奶奶也現查去若有這道
理鳳姐姐還不算利害也就算是寬厚了還不快找了來我瞧
再遲一日不說你們粗心倒像我們沒主意了吳新登家的滿
面通紅忙轉身出來衆媳婦們都伸舌頭這裡又回別的事一

時吳家的取了舊賬來探春看時兩個家裡的賞過皆二十四
兩兩個外頭的皆賞過四十兩外還有兩個外頭的一個賞過
一百兩一個賞過六十兩這兩筆底下皆有原故一箇是隔省
遷父母之柩外賞六十兩一個是現買葬地外賞二十兩探春
便遞給李紈看了探春便說給他二十兩銀子把這賬留下我
們細看吳新登家的去了忽見趙姨娘進來李紈探春忙讓坐
趙姨娘開口便說道這屋裡的人都踹下我的頭去還罷了姑
娘你也想一想該替我出氣纔是一面說一面便眼淚鼻涕哭
起來探春忙道姨娘這話說誰我竟不懂誰踹姨娘的頭說出
來我替姨娘出氣趙姨娘道姑娘現踹我我告訴誰去探春聽

說忙站起來說道我並不敢李紈也忙站起來勸趙姨娘道你們請坐下聽我說我這屋裏熬油是的熬了這麼大年紀又有你兄弟這會子連襲人都不如了我還有什麼臉連你也沒臉面別說是我呀探春笑道原來爲這個我說我並不敢犯法違禮一面便坐了拿賬番給趙姨娘瞧又念給他聽又說道這是祖宗手裡舊規矩人人都依着偏我改了不成這也不但襲人將來環兒收了屋裡的自然也是和襲人一樣這原不是什麼爭大爭小的事講不到有臉沒臉的話上他是太太的奴才我是按着舊規矩辦說辦的好領祖宗的恩典太太的恩典若說辦的不公那是他糊塗不知福也只好憑他抱怨去太太連房子賞了人我有什麼有臉的地方兒一文不賞我也沒什麼沒臉的依我說太太不在家姨娘安靜些養神罷何苦只要操心太太滿心疼我因姨娘每每生事幾次寒心我但凡是個男人可以出得去我早走了立出一番事業來那時自有一番道理偏我是女孩兒家一句多話也沒我亂說的太太滿心裡都知道如今因看重我纔叫我管家務還沒有做一件好事姨娘倒先來作踐我倘或太太知道了怕我爲難不叫我管那纔正經沒臉呢連姨娘真也沒臉了一面說一面抽抽搭搭的哭起來趙姨娘沒話答對便說道太太疼你你該越發拉扯拉扯我們你只顧討太太的疼就把我們忘了探春道我怎麼忘了叫我

怎麽拉扯這也問他們各人那一個主子不疼出力得用的人那一個好人用人拉扯呢李紈在傍只管勸說姨娘別生氣也怨不得姑娘他滿心裡要拉扯口裡怎麽說的出来探春忙道這大嫂子也糊塗了我拉扯誰誰家姑娘們拉扯奴才了他們的好歹你們該知道與我什麽相干趙姨娘氣的問道誰叫你拉扯別人去了你不當家我也不來問你你如今現在說一是一說二是二如今你舅舅死了你多給了二三十兩銀子難道太太就不依你分明太太是好太太都是你們尖酸刻薄可惜太太有恩無處使姑娘放心這也使不着你的銀子明日等出了閣我還想你額外照看趙家呢如今没有長翎毛兒就忘了

根本只揀高枝兒飛去了探春没聽完氣的臉白氣噎越發嗚嗚咽咽的哭起來因問道誰是我舅舅我舅舅早陞了九省的檢點那裡又跑出一個舅舅来我倒素昔按禮尊敬怎麽敬出這些親戚来了旣這麽說每日環兒出去為什麽趙國基又站起來又跟他上學爲什麽不拿出舅舅的款来何苦来誰不知道我是姨娘養的必要過兩三個月尋出由頭來徹底來番騰一陣怕人不知道故意表白表白也不知道是誰給誰沒臉幸虧我還明白但凡糊塗不知禮的早急了李紈急得只管勸趙姨娘只管還嘮叨忽聽有人說二奶奶打發平姑娘說話来了趙姨娘聽說方把嘴止住只見平兒走來趙姨娘忙陪笑讓

坐又忙問你奶奶好些我正要瞧去就只沒得空兒李紈見平兒進來因問他來作什麼平兒笑道奶奶說趙姨奶奶的兄弟沒了恐怕奶奶和姑娘不知有舊例若照常例只得二十兩如今請姑娘裁度着再添些也使得探春早已抹去淚痕忙說道又好好的添什麼誰又是二十四個月養的不然也是出兵放馬背着主子逃出命來過的人不成你主子真個倒巧叫我開了例他做好人拿著太太不心疼的錢樂得做人情你告訴他我不敢添減混出主意他添他施恩等他好了出來愛怎麼添怎麼添平兒一來時已明白了對半今聽這話越發會意見探春有怒色便不敢以往日喜樂之時相待只一邊垂手默侍時

值寶釵也從上房中來探春等忙起身讓坐未及開言又有一個媳婦進來回事因探春纔哭了便有三四個小丫鬟捧了臉盆巾帕靶鏡等物來此時探春因盤膝坐在矮板榻上那捧盆丫鬟走至跟前便雙膝跪下高捧臉盆那兩個丫鬟也都在旁屈膝捧着巾帕並靶鏡脂粉之餙平兒見侍書不在這裡便忙上來與探春挽袖卸鐲又接過一条大手巾來將探春面前衣襟掩了探春方伸手向臉盆中盥沐媳婦便回道奶奶姑娘家學裡支環爺和蘭哥兒一年的公費平兒先道你忙什麼你睁着眼看見姑娘洗臉你不出去伺候着倒先說話來二奶奶跟前你也這樣沒眼色來着姑娘雖恩寬我去回了二奶奶只說

你們眼裡都沒姑娘你們都吃了虧可別怨我唬得那個媳婦忙陪笑說我粗心了一面忙退出去探春一面勻臉一面向平兒冷笑道你遲了一步沒見還有可笑的連吳姐姐這麼個辦老了事的也不查清楚了就來混我們幸虧我們問他他竟有臉說忘了我說他回二奶奶事也忘了再找去我料著你主子未必有耐性兒等他去找平兒笑道他有這麼一次包管腿上的筋早折了兩根姑娘別信他們那是他們瞅着大奶奶是個菩薩姑娘又是靦腆小姐固然是托懶來混說着又向門外說道你們只管撒野等奶奶大安了咱們再說門外的衆媳婦都笑道姑娘你是個最明白的人俗語說一人作罪一人

當我們並不敢欺蔽主子如今主子是嬌客若認真惹惱了死無葬身之地平兒冷笑道你們明白就好了又陪笑向探春道姑娘知道二奶奶本來事多那裡照看得這些保不住不忽畧俗語說傍觀者清這幾年姑娘冷眼看着或有該添該減的去處二奶奶沒行到姑娘竟一添減頭一件與太太有益第二件也不枉姑娘待我們奶奶的情義了話未說完寶釵李紈皆笑道好丫頭真怨不得鳳丫頭偏疼他本來無可添減之事如今聽你一說倒要找出兩件來斟酌斟酌不辜負你這話探春笑道我一肚子氣正要拿他奶奶出氣去偏他碰了來說了這些話叫我也沒了主意了一面說一面叫進方纔那媳婦來問環

爺和蘭哥家學裡這一年的銀子是做那一項用的那媳婦便回說一年學裡吃點心或者買紙筆每位有八兩銀子的使用探春道凡爺們的使用都是各屋裡月錢之內環哥的是姨娘領二兩寶玉的老太太屋裡襲人領二兩蘭哥兒是大奶奶屋裡領怎麽學裡每人多這八兩原來上學去的是爲這八兩銀子從今日起把這一項蠲了平兒回去告訴你奶奶說我的話把這一條務必免了平兒笑道早就該免舊年奶奶原說要免來着因年下忙就忘了那媳婦只得答應着去了就有大觀園中媳婦捧了飯盒子來侍書素雲早已抬過一張小飯桌來平兒也忙着上菜探春笑道你說完了話幹你的去罷在這裡又

忙什麽平兒笑道我原沒事二奶奶打發了我來一則說話二則怕這裡的人不方便叫我幫着妹妹們伏侍奶奶姑娘來了探春因問寶姑娘的怎麽不端來一處吃丫鬟們聽說忙出至簷外命媳婦們去說寶姑娘如今在廳上一處吃叫他們把飯送了這裡來探春聽說便高聲說道你別混支使人那都是辦大事的管家娘子們你們支使他要飯要茶的連個高低都不知道平兒這裡站着叫他叫去平兒忙答應了一聲出來那些媳婦們都悄悄的拉住笑道那裡用姑娘去叫我們已有人叫去了一面說一面用絹子撣臺階的土說姑娘站了半天乏了這太陽地裡歇歇兒罷平兒便坐下又有茶房裡兩個婆子拿

了便坐褥鋪下說石頭冷這是極干淨的姑娘將就坐一坐兒罷平兒點頭笑道多謝一個又捧了一碗精緻新茶出來也悄悄笑說這不是我們常用的茶原是伺候姑娘們的姑娘且潤一潤罷平兒遂欠身接了因指衆媳婦悄悄說道你們太鬧的不像了他是個姑娘家不肯發威動怒這是他尊重你們就藐視欺負他果然招他動了大氣不過說他一個粗糙就完了你們就現吃不了的虧他撒個嬌兒太太也得讓他一二分二奶奶也不敢怎麼你們就這麼大胆子小看他可是雞蛋往石頭上碰衆人都忙道我們何嘗敢大膽了都是趙姨娘鬧的平兒也悄悄的道罷了好奶奶們墻倒衆人推那趙姨娘原有些顛倒着三不着兩有了事就都賴他你們素日那眼裡沒人心術利害我這幾年難道還不知道二奶奶要是略差一點兒的早叫你們這些奶奶們治倒了饒這麼着得一點空兒還要難他一難好幾次沒落了你們的口聲衆人都說他利害你們都怕他惟我知道他心裡也就不算不怕的前兒我們還議論到這裡再不能依頭順尾必有兩場氣生那三姑娘雖是個姑娘你們都橫看了他二奶奶在這些大姑子小姑子裡頭也就只單怕他五分兒你們這會子倒不把他放在眼裡了正說着只見秋紋走來衆媳婦忙趕着問好又說姑娘也且歇歇裡頭擺飯呢等撤下桌子來再回話去罷秋紋笑道我比不得你們我那

裡等得說着便直要上廳去平兒忙叫快回來秋紋回頭見了平兒笑道你又在這裡充什麼外圍子的防護一面回身便坐在平兒褥上平兒悄問回什麼秋紋道問一問寶玉的月錢我們的月錢多早晚纔領平兒道這什麼大事你快回去告訴襲人說我的話憑有什麼事今日都別回若回一件管駁一件回一百件管駁一百件秋紋聽了忙問這是爲什麼平兒與衆媳婦等都忙告訴他原故又說正要找幾處利害事與有體面的人來開例作法子鎮壓與衆人作榜樣呢何苦你們先來碰在這釘子上你這一去說了他們若拿你們也作一二件榜樣又礙着老太太太太若不拿着你們做一二件人家又說偏一個向一個仗着老太太太太威勢的就怕不敢惹只拿着軟的鼻子頭你聽聽罷二奶奶的事他還要駁兩件纔壓得衆人口聲呢秋紋聽了伸了伸舌頭笑道幸而平姐姐在這裡沒得臊一鼻子灰趁早知會他們去說着便起身走了接着寶釵的飯至平兒忙進來伏侍那時趙姨娘已去三人在板床上吃飯寶釵面南探春面西李紈面東衆媳婦皆在廊下靜候裡頭只有他們緊跟常侍的丫鬟伺候別人一槩不敢擅入這些媳婦們都悄悄的議論說大家省事罷別安著沒良心的主意連吳大娘纔都討了沒意思偺們又是什麼有臉的都一邊悄議等飯完回事此時裡面惟聞微嗽之聲不聞碗箸之响一時只見一

個丫頭將簾櫳高揭又有兩個將桌抬出茶房內有三個丫鬟捧着三個沐盆見飯桌已出三人便進去了一回又捧出沐盆並漱盂來方有侍書素雲鶯兒三個人每人用茶盤捧了三蓋碗茶進去一時等他三人出來侍書命小丫頭子好生伺候着我們吃飯來換你們可又別偷坐着去衆媳婦們方慢慢的安分回事不敢如先前輕慢疎忽了探春氣方漸平因向平兒道我有一件大事早要和你奶奶商議如今可巧想起來你吃了飯快來寶姑娘也在這裏偺們四個人商議了再細細的問你奶奶可行可止平兒答應回去鳳姐因問爲何去這半日平兒便笑着將方纔的原故細細說與他聽了鳳姐兒笑道好好好好個三姑娘我說不錯只可惜他命薄沒托生在太太肚裏平兒笑道奶奶也說糊塗話了他就不是太太養的難道誰敢小看他不和別的一樣看待麼鳳姐嘆道你那裏知道雖然正出庶出是一樣但只女孩兒却比不得兒子將來作親時如今有一種輕狂人先要打聽姑娘是正出是庶出多有爲庶出不要的殊不知庶出只要人好比正出的強百倍呢將來不知那個沒造化的爲挑正庶悞了事呢也不知那個有造化的不挑正庶的得了去說着又向平兒笑道你知道我這幾年生了多少省儉的法子一家子大約也沒個背地裏不恨我的我如今也是騎上老虎了雖然看破些無奈一時也難寬放二則家裏

出去的多進來的少凡有大小事兒仍是照着老祖宗手裡的
規矩却一年進的產業又不及先時多省儉了外人又笑話老
太太太太也受委屈家下也抱怨尅薄若不趂早兒料理省儉
之計再幾年就都賠盡了平兒道可不是這話將來還有三四
位姑娘還有兩三個小爺們一位老太太這幾件大事未完呢
鳳姐兒笑道我也慮到這裡倒也彀了寶玉和林妹妹他兩個
一娶一嫁可以使不着官中錢老太太自有體已拿出來二姑
娘是大老爺那邊的也不筭剩了三四個滿破着每人花上七
八千銀子環哥娶親有限花上三千銀子若不彀那裡省一抿
子也就彀了老太太的事出來一應都是全了的不過零星雜

項使費些滿破三五千兩如今再儉省些陸續就彀了只怕如
今平空再生出一兩件事來可就了不得了偺們且別慮後事
你且吃了飯快聽他們商議什麽這正碰了我的機會我正愁
没個膀臂雖有個寶玉他又不是這裡頭的貨總收伏了他也
不中用大奶奶是個佛爺也不中用二姑娘更不中用亦且不
是這屋裡的人四姑娘小呢蘭小子和環兒更是個燎毛的小
凍猫子只等有熱竈火坑讓他鑽去罷真真一個娘肚子裡跑
出這樣天懸地隔的兩個人來我想到那裡就不服再者林丫
頭和寶姑娘他兩個人倒好偏又都是親戚又不好管偺們家
務事况且一個是美人燈兒風吹吹就壞了一個是拿定了主

竟不干已事不張口一問搖頭三不知也難十分去問他倒只剩了三姑娘一個心裡嘴裡都也來得又是偺家的正人太太又疼他雖然臉上淡淡的皆因是趙姨娘那老東西鬧的心裡却是和寶玉一樣呢比不得環兒實在令人難疼要依我的性子早攆出去了如今他既有這主意正該和他協同大家做個膀臂我也不孤不獨了按正禮天理良心上論偺們有他這一個人帮着偺們也省些心與太太的事也有益若按私心藏奸上論我也太行毒了也該抽回退步回頭看看再要窮追苦剋人恨極了他們笑裡藏刀偺們兩個纔四個眼睛兩個心一時不防倒弄壞了趂着緊溜之中他出頭一料理衆人就把往日

偺們的恨暫可解了還有一件我雖知你極明白恐怕你心裡挽不過來如今囑咐你他雖是姑娘家心裡却事事明白不過是言語謹慎他又比我知書識字更利害一層了如今俗語說擒賊必先擒王他如今要作法開端一定是先拿我開端倘或他要駁我的事你可別分辯你只越恭敬越說駁的是纔好千萬別想着怕我沒臉和他一強就不好了平兒不等說完便笑道你太把人看糊塗了我纔已經行在先了這會子纔囑咐我鳳姐兒笑道我是恐怕你心裡眼裡只有了我一槩沒有他人之故不得不囑咐既已行在先更比我明白了這不是你又急了滿嘴裡你呀我的起來了平兒道偏說你你不依這不是嘴

把子再打一頓難道這臉上還沒嘗過的不成鳳姐兒笑道你這小蹄子兒要掂多少過兒纔罷你看我病的這個樣兒還来慪我呢過來坐下橫豎沒人來偺們一處吃飯是正經說着豐兒等三四個小丫頭子進來放小炕桌鳳姐只吃燕窩粥兩碟子精緻小菜每日分例菜已暫減去豐兒便將平兒的四樣分例菜端至桌上與平兒盛了飯來平兒屈一膝於炕沿之上半身猶立於炕下陪着鳳姐兒吃了飯伏侍漱口畢吩咐了豐兒些話方往探春處來只見院中寂靜人已散出要知後事何如且聽下回分解

紅樓夢第五十五回終

紅樓夢第五十六回

敏探春興利除宿弊　賢寶釵小惠全大體

話說平兒陪著鳳姐吃了飯伏侍盥漱畢方往探春處來只見院中寂靜只有丫鬟婆子一個個都站在窗外聽候平兒進入廳中他姐妹姑嫂三人正商議些家務說的便是年內賴大家請吃酒他家花園中事故見他來了探春便命他脚踏上坐了因說道我想的事不爲別的只想着我們一月所用的頭油脂粉又是二兩的事我想偺們一月已有了二兩月銀丫頭們又另有月錢可不是有同剛纔學裡的八兩一樣重重叠叠這事雖小錢有限看起來也不妥當你奶奶怎麼就沒想到這個呢

平兒笑道這有個原故姑娘們所用的這些東西自然該有分例每月每處買辦買了令女人們交送我們收管不過預備姑娘們使用就罷了沒有個我們天天各人拿着錢找人買這些去的所以外頭買辦總領了去按月使女人按房交給我們至于姑娘們每月的這二兩原不是爲買這些的爲的是一時當家的奶奶太太或不在家或不得閑姑娘們偶然要個錢使省得找人去這不過是恐怕姑娘們受委屈意思如今我冷眼看着各屋裡我們的姐妹都是現拿錢買這些東西的竟有了一半子我就疑惑不是買辦脫了空就是買的不是正經貨探春李紈都笑道你也留心看出來了脫空是沒有的只是遲些日

子備急了不知那裡弄些來不過是個名兒其實使不得依然還得現買就用二兩銀子另叫別人的奶媽子的弟兄兒子買來方纔使得要使官中的人去依然是那一樣的不知他們是什麼法子平兒便笑道買辦買的是那東西別人買了好的來買辦的也不依他又說他使壞心要奪他的買辦所以他們寧可得罪了裡頭不肯得罪了外頭辦事的要是姑娘們使了奶媽子們他們也就不敢說閒話了探春道因此我心裡不自在饒費了兩起錢東西又白丟一半不如竟把買辦的這一項每月蠲了為是此是第一件事第二件年裡賴大家去你也去的你看他那小園子比偺們這個如何平兒笑道還沒有偺們

這一半大樹木花草也少多著呢探春道我因和他們家的女孩兒說閒話兒他說這園子除他們帶的花兒吃的筍菜魚蝦一年還有人包了去年終足有二百兩銀子剩從那日我纔知道一個破荷葉一根枯草根子都是值錢的寶釵笑道真真膏粱紈袴之談你們雖是千金原不知道這些事但只你們也都念過書識過字的竟沒看見過朱夫子有一篇不自棄的文麼探春笑道雖也看過不過是勉人自勵虛比浮詞那裡真是有的寶釵道朱子都行了虛比浮詞了那句句都是有的你纔辦了兩天事就利慾薰心把朱子都看虛浮了你再出去見了那些利弊大事越發連孔子也都看虛了呢探春笑道你這樣一

個通人竟沒看見姬子書當日姬子有云登利祿之場處運籌之界者窮堯舜之詞背孔孟之道寶釵笑道底下一句呢探春笑道如今斷章取意念出底下一句我自己罵我自己不成寶釵道天下沒有不可用的東西既可用便值錢難爲你是個聰明人這大節目正事竟沒經歷李紈笑道叫人家來了又不說正事你們且對講學問寶釵道學問中便是正事若不拿學問提着便都流入市俗去了三人取笑了一回便仍談正事探春又接說道咱們這個園子只算比他們的多一半加一倍算起來一年就有四百銀子的利息若此時也出脫生發銀子自然小器不是咱們這樣人家的事若派出兩個一定的人來既有

許多值錢的東西任人作踐了也似乎暴殄天物不如在園子裡所有的老媽媽中揀出幾個老成本分能知園圃的派他們收拾料理也不必要他們交租納稅只問他們一年可以孝敬些什麼一則園子有專定之人修理花木自然一年好似一年了也不用臨時忙亂二則也不致作踐白辜負了東西三則老媽媽們也可借此小補不枉成年家在園中辛苦四則也可省了這些花兒匠山子匠並打掃人等的工費將此有餘以補不足未爲不可寶釵正在地下看壁上的字畫聽如此說便點頭笑道善哉三年之內無飢饉矣李紈道好主意果然這麼行太太必喜歡省錢事小園子有人打掃專司其職又許他去賣錢

使之以權動之以利再無不盡職的了平兒道這件事須得姑娘說出來我們奶奶雖有此心未必好出口此刻姑娘們在園裡住着不能多弄些頑意兒陪襯反叫人去監管修理圖省錢這話斷不好出口寶釵忙走過來摸着他的臉笑道你張開嘴我瞧瞧你的牙齒舌頭是什麼做的從早起來到這會子你說了這些話一套一個樣子也不奉承三姑娘也不說你們奶奶才短想不到三姑娘說一套話出來你就有一套話回奉總是三姑娘想得到的你們奶奶也想到了只是必有個不可辦的原故這會子又是因姑娘們住的園子不好因省錢令人去監督你們想想這話要果真交給人弄錢去的那人自然是一枝

花也不許掐一個菓子也不許動了姑娘們分中自然是不敢講究天天和小姑娘們就吵不清他這遠愁近慮不抗不卑他們奶奶就不是和偺們好聽他這一番話也必要自愧的變好了探春笑道我早起一肚子氣聽他來了忽然想起他主子來素日當家使出來的好撒野的人我見了他更生氣了誰知他來了避猫鼠兒是的站了半日怪可憐的接着又說了那些話不說他主子待我好到說不枉姑娘待我們奶奶素日的情意了這一句話不但沒了氣我到愧了又傷起心來我細想我一個女孩兒家自已還鬧得沒人疼沒人顧的我那裡還有好處去待人口內說到這裡不免又流下淚來李紈等見他說得懇

切又想他素日趙姨娘每生誹謗在王夫人跟前亦爲趙姨娘所累也都不免流下淚來都忙勸他趁今日清淨大家商議兩件興利剔弊的事情也不枉太太委托一場又提這没要緊的事做什麽平兒忙道我已明白了姑娘竟說誰好竟一派人就完了探春道雖如此說也須得回你奶奶一聲兒我們這裡搜剔小利已經不當皆因你奶奶是個明白人我纔這樣行若是糊塗多歪多妬的我也不肯倒像抓他的乖的是的豈可不商議了行呢平兒笑道這麽着我去告訴一聲兒說着去了半日方回來笑道我說是白走一趟這樣好事奶奶豈有不依的探春聽了便和李紈命人將園中所有婆子的名單要來大家参度

大概定了幾個人又將他們一齊傳來李紈大概告訴給他們衆人聽了無不願意也有說那片竹子单交給我一年工夫明年又是一片除了家裡吃的笋一年還可交些錢糧這一個說那一片稻地交給我一年這些頑的大小雀鳥的糧食不必動官中錢糧我還可以交錢糧探春纔要說話人回大夫來了進園瞧史姑娘去衆婆子只得去領大夫平兒忙說单你們有一百也不成個體統難道没有兩個管事的頭腦兒帶進大夫來回事的那人說有吳大娘和单大娘他兩個在西南角上聚錦門等着呢平兒聽說方罷了衆婆子去後探春問寶釵如何寶釵笑答道幸於始者怠於終善其辭者嗜其利探春聽了點頭

怕葉媽全不管竟交與那一個這是他們私情兒有人說閒話也就怨不到偺們身上如此一行你們辦的又公道於事又妥當李紈平兒都道狠是探春笑道雖如此只怕他們見利忘義呢平兒笑道不相干前日鶯兒還認了葉媽做乾娘請吃飯吃酒兩家和厚的狠呢探春聽了方罷了又共斟酌出幾個人來俱是他四人素昔冷眼取中的用筆圈出一時婆子們來回大夫已去將藥方送上去三人看了一面遣人送出外邊去取藥監派調服一面探春與李紈明示諸人某人管某處按四季除家中定例用多少外餘者任憑你們採取去取利年終筭賬探春笑道我又想起一件事若年終筭賬歸錢時自然歸到賬房

仍是上頭又添一層管主還在他們手心裡又剝一層皮這如今我們興出這件事派了你們已是跨過他們的頭去了心裡有氣只說不出來你們年終去歸賬他還不捉弄你們等什麼再者這一年間管什麼的主子有一全分他們就得半分這是每常的舊規人所共知的如今這園子是我的新創竟別入他們的手每年歸賬竟歸到裡頭來纔好寶釵笑道依我說裡頭也不用歸賬這個多了那個少了倒多了事不如問他們誰領這一分的他就攬一宗事去不過是園裡的人動用我替你們筭出來有限的幾宗事不過是頭油胭粉香紙每一位姑娘幾個丫頭都是有定例的再者各處笤箒簸箕撣子並大小禽

鳥鹿兎吃的糧食不過這幾樣都是他們包了去不用賬房去領錢你算算就省下多少來平兒笑道這幾宗雖小一年通共算了也省的下四百多銀子寶釵笑道却又來一年四百二年八百兩打租的房子也能多買幾間薄沙地也可以添幾畝了雖然還有敷餘但他們既辛苦了一年也要叫他們剩些粘補自家雖是興利節用爲綱然也不可太過要再省上二三百銀子失了大體統也不像所以這麼一行外頭賬房裡一年少出四五百銀子也不覺的狠艱嗇了他們裡頭却也得些小補這些没營生的媽媽們也寬裕了園子裡花木也可以每年滋長繁盛就是你們也得了可使之物這庶幾不失大體若一味要

省時那裡搜尋不出幾個錢來凡有些餘利的一槪入了官中那時裡外怨聲載道豈不失了你們這樣人家的大體如今這園裡十幾個老媽媽們若只給了這個那剩的也必抱怨不公我纔說的他們只供給這箇幾樣也未免太寬裕了一年竟除這個之外他每人不論有餘無餘只叫他拿出若干吊錢來大家湊齊单散與這些園中的媽媽們他們雖不料理這些却日夜也都在園中照料當差之人關門閉戸起早睡晚大雨大雪姑娘們出入擡轎子撑船拉氷床一應粗重活計都是他們的差使一年在園裡辛苦到頭這園内既有出息也是分內該沾帶些的還有一句至小的話越發說破了你們只顧了自已寬

格不分與他們些他們雖不敢明怨心裡却都不服只用假公濟私的多摘你們幾個菓子多掐幾枝花兒你們有冤還没處訴呢他們也沾帶些利息你們有照顧不到的他們就替你們照顧了衆婆子聽了這箇議論又去了賬房受轄制又不與鳳姐兒去筭賬一年不過多拿出若干吊錢來各各歡喜異常都齊聲說愿意强如出去被他們揉搓着還得拿出錢來呢那不得管地的聽了每年終無故得錢更都喜歡起來口內說他們辛苦收拾是該剩些錢粘補的我們怎麽好穩吃三注呢寶釵笑道媽媽們也别推辭了這原是分內應當的你們只要日夜辛苦些别躲懶縱放人吃酒賭錢就是了不然我也不該管這

事你們也知道我姨娘親口囑托我三五回說大奶奶如今又不得閑别的姑娘又小托我照看照看我若不依分明是叫姨娘操心我們太太又多病家務也忙我原是個閑人就是街坊鄰舍也要幫個忙兒何况是姨娘托我講不起衆人嫌我倘或我只顧沽名吊譽的那時酒醉賭輸再生出事來我怎麽見姨娘你們那時後悔也遲了就連你們素昔的老臉也都丢了這些姑娘們這麽一所大花園子都是你們照管着皆因看的你們是三四代的老媽媽最是循規蹈矩原該大家齊心顧些體統你們反縱放别人任意吃酒賭博姨娘聽見了教訓一場猶可倘若被那幾個管家娘子聽見了他們也不用回姨娘竟教

導你們一場你們這年老的反受了小的教訓雖是他們是管家管的着你們何如自已存些體面他們如何得來作踐呢所以我如今替你們想出這個額外的進益來也為的是大家齊心把這園裡週全得謹謹慎慎的使那些有權執事的看見這般嚴肅謹慎且不用他們操心他們心裡豈不敬服也不枉替他們籌畫些進益了你們去細細想想這話衆人都歡喜說姑娘說的狠是從此姑娘奶奶只管放心姑娘奶奶這麼疼顧我們我們再要不體上情天地也不容了剛說著只見林之孝家的進來說江南甄府裡家眷昨日到京今日進宮朝賀此刻先遣人來送禮請安說著便將禮單送上去探春接了看道是上

用的粧緞蟒緞十二疋上用雜色緞十二疋上用各色紗十二疋上用宮綢十二疋宮用各色緞紗綢綾二十四疋李紈探春看過說用上等封兒賞他因又命人去回了賈母賈母命人叫李紈探春寶釵等都過來將禮物看了李紈收過一邊吩咐內庫上人說等太太回來看了再收賈母因說這甄家又不與別家相同上等封兒賞男人只怕轉眼又打發女人來請安預備下尺頭一語未了果然人回甄府四個女人來請安賈母聽了忙命人帶進來那四個人都是四十往上年紀穿帶之物皆比主子不大差别請安問好畢賈母便命拿了四個脚踏來他四人謝了坐等着寶釵坐了方都坐下賈母便問多早晚進京的

了來給這四個管家娘子瞧瞧比他們的寶玉如何衆媳婦聽
了忙去了半刻圍了寶玉進來四人一見忙起身笑道唬了我
們一跳要是我們不進府來倘若別處遇見還只當我們的寶
玉後趕著也進了京呢一面說一面都上來拉他的手問長問
短寶玉也笑問個好賈母笑道比你們的長的如何李紈等笑
道四位媽媽纔一說可知是模樣兒相仿了賈母笑道那有這
樣巧事大家子孩子們再養的嬌嫩除了臉上有殘疾十分醜
的大槩看去都是一樣齊整這也沒有什麽怪處四人笑道如
今看來模樣是一樣據老太太說淘氣也一樣我們看來這位
哥兒性情却比我們的好些賈母忙笑問怎麽四人笑道方纔

我們拉哥兒的手說話便知道了若是我們那一位只說我們
糊塗慢說拉手他的東西我們略動一動也不依所使喚的人
都是女孩子們四人未說完李紈姊妹等禁不住都失聲笑出
來賈母也笑道我們這會子也打發人去見了你們寶玉若拉
他的手他也自然勉強忍奈着不知你我這樣人家的孩子憑
他們有什麽刁鑽古怪的毛病見了外人必是要還出正經禮
數來的若他不還正經禮數也斷不容他刁鑽去了就是大人
溺愛的也因爲他一則生的得人意兒二則見人禮數竟比大
人行出來的還周到使人見了可愛可憐背地裡所以纔縱他
一點子若一味他只管沒裡沒外不給大人爭光憑他生的怎

樣也是該打死的四人聽了都笑道老太太這話正是雖然我們寶玉淘氣古怪有時見了客規矩禮數比大人還有趣所以無人見了不愛只說為什麼還打他除不知他在家裡無法無天大人想不到的話偏會說想不到的事偏會行所以老爺太太恨的無法就是任性也是小孩子的常情胡亂花費也是公子哥兒的常情怕上學也是小孩子的常情都還治的過來第一天生下來這一種刁鑽古怪的脾氣如何使得一語未了人回太太回來了王夫人進來問過安他四人請了安大槩說了兩句賈母使命歇歇去罷王夫人親捧過茶方退出去四人告辭了賈母便往王夫人處來說了一會子家務打發他們回去

不必細說這裡賈母喜得逢人便告訴也有一個寶玉也都一般行景衆人都想着天下的世宦大家同名的這也很多祖母溺愛孫子也是常事不是什麼罕事皆不介意獨寶玉是個迂濶獃公子的心性自為是那四人承悅賈母之詞後至園中去看湘雲病去湘雲因說他你放心鬧罷先還单絲不成線獨樹不成林如今有了個對子了鬧利害了再打急了你好逃到南京找那個去寶玉道那裡的謊話你也信了偏又有個寶玉了湘雲道怎麼列國有個藺相如漢朝又有個司馬相如呢寶玉笑道這也罷了偏又模樣兒也一樣這也是有的事嗎湘雲道怎麼匡人看見孔子只當是陽貨呢寶玉笑道孔子陽貨雖同貌

却不同名藺與司馬雖同名而又不同貌偏我和他就兩樣俱
同不成湘雲沒了話答對因笑道你只會胡攪我也不和你分
証有也罷沒也罷與我無干說着便睡下了寶玉心中便又疑
惑起來若說必無也似必有若說必有又並無目睹心中悶悶
回至房中榻上默默盤算不覺昏昏睡去竟到一座花園之內
寶玉詫異道除了我們大觀園竟又有這一個園子正疑惑間
忽然那邊來了幾個女孩兒都是丫鬟寶玉又詫異道除了鴛
鴦襲人平兒之外也竟還有這一千人只見那些丫鬟笑道寶
玉怎麽跑到這裡來寶玉只當是說他忙來陪笑說道因我偶
步到此不知是那位世交的花園姐姐們帶我逛逛衆丫鬟都

笑道原來不是咱們家的寶玉他生的也還干净嘴兒也倒乖
覺寶玉聽了忙道姐姐們這裡也竟還有個寶玉丫環們忙道
寶玉二字我們家是奉老太太太太之命為保佑他延年消災
我們叫他他聽見喜歡你是那裡遠方來的小廝也亂叫起來
仔細你的臭肉不打爛了你的又一個丫環笑道咱們快走罷
別叫寶玉看見又說同這臭小子說了話把咱們薰臭了說着
一逕去了寶玉納悶道從來沒有人如此塗毒我他們如何竟
這樣的莫不真也有我這樣一個人不成一面想一面順步早
到了一所院內寶玉詫異道除了怡紅院也竟還有這麽一個
院落忽上了台堦進入屋內只見榻上有一個人卧着那邊有

幾個女兒做針線或有嬉笑頑耍的只見榻上那個少年嘆了一聲一個丫鬟笑問道寶玉你不睡又嘆什麼想必為你妹妹病了你又胡愁亂恨呢寶玉聽說心下也便吃驚只見榻上少年說道我聽見老太太說長安都中也有個寶玉和我一樣的性情我只不信我纔做了一個夢竟夢中到了都中一個大花園子裡頭遇見幾個姐姐都叫我臭小厮不理我好容易找到他房裡偏他睡覺空有皮囊真性不知往那裡去了寶玉聽說忙說道我因找寶玉來到這裡原來你就是寶玉榻上的忙下來拉住笑道原來你就是寶玉這可不是夢裡了寶玉道這如何是夢真而又真的一語未了只見人來說老爺叫寶玉嚇得二人皆慌了一個寶玉就走一個便忙叫寶玉快回來寶玉快回來襲人在傍聽他夢中自喚忙推醒他笑問道寶玉在那裡此時寶玉雖醒神意尚自恍惚因向門外指說纔去不遠襲人笑道那是你夢迷了你揉眼細瞧是鏡子裡照的你的影兒寶玉向前瞧了一瞧原是那嵌的大鏡對面相照自己也笑了早有丫鬟捧過漱盂茶滷來漱了口麝月道怪道老太太常囑咐說小人兒屋裡不可多有鏡子人小魂不全有鏡子照多了睡覺驚恐做胡夢如今倒在大鏡子那裡安了一張床有時放下鏡套還好往前去天熱困倦那裡想的到放他比如方纔就忘了自然先躺下照著影兒頑來著一時合上眼自然是胡夢顛

一般只瞅著竹子發了一回獃因祝媽正在那裡刨土種竹掃竹葉子頓覺一時魂魄失手隨便坐在一塊山石上出神不覺滴下淚來直獃了一頓飯的工夫千思萬想總不知如何是可偶著雪雁從王夫人屋裡取了人參來從此經過忽扭頭看見桃花樹下石上一人手托著腮頰正出神呢不是別人却是寶玉雪雁疑惑道怪冷的他一個人在這裡做什麼春天凡有殘疾的人都犯病敢是他也犯了獃病了一邊想一邊就走過來蹲著笑道你在這裡做什麼呢寶玉忽見了雪雁便說道你又做什麼來找我你難道不是女兒他既防嫌不許你們理我你又來尋我倘被人看見豈不又生口舌你快家去罷雪雁聽了

只當是他又受了黛玉的委屈只得回至屋裡黛玉未醒將人參交給紫鵑紫鵑因問他太太做什麼呢雪雁道也睡中覺呢所以等了這半天姐姐你聽笑話兒我因等太太的工夫和玉釧兒姐姐坐在下屋裡說話兒誰知趙姨奶奶招手兒叫我我只當有什麼話說原來他和太太告了假出去給他兄弟伴宿坐夜明兒送殯去跟他的小丫頭子小吉祥兒沒衣裳要借我的月白綾子襖兒我想他們一般也有兩件子的往這地方去恐怕弄壞了自己的捨不得穿故此借別人的借我的弄壞了也是小事只是我想他素日有什麼好處到偺們跟前所以我說我的衣裳簪環都是姑娘叫紫鵑姐姐收著呢如今先得

日給你們一兩燕窩這也就完了紫鵑道原來是你說了這又多謝你費心我們正疑惑老太太怎麼忽然想起來叫人每一日送一兩燕窩來呢這就是了寶玉笑道這要天天吃慣了吃上三二年就好了紫鵑道在這裡吃慣了明年家去那裡有這閑錢吃這個寶玉聽了吃了一驚忙問誰家去紫鵑道妹妹回蘇州去寶玉笑道你又說白話蘇州雖是原籍因沒了姑母無人照看纔接了來的明年回去找誰可見撒謊了紫鵑冷笑道你太看小了人你們賈家獨是大族人口多的除了你家别人只得一父一母房族中真個再無人了不成我們姑娘來時原是老太太心疼他年小雖有叔伯不如親父母故此接來住幾

年大了該出閣時自然要送還林家的終不成林家女兒在你賈家一世不成林家雖貧到沒飯吃也是世代書香人家斷不肯將他家的人丟給親戚落的恥笑所以早則明年春遲則秋天這裡總不送去林家亦必有人來接的了前日夜裡姑娘和我說了叫他告訴你將從前小時頑的東西有他送你的叫你都打點出來還他他也將你送他的打點在那裡呢寶玉聽了便如頭頂上響了一個焦雷一般紫鵑看他怎麼回答等了半天見他只不作聲纔要再問只見晴雯找來說老太太叫你呢誰知在這裡紫鵑笑道他這裡問姑娘的病症我告訴了他半天他只不信你倒拉他去罷說着自己便走回房去了晴雯見

他獃獃的一頭熱汗滿臉紫脹忙拉他的手一直到怡紅院中襲人見了這般慌起來了只說時氣所感熱身被風撲了無奈寶玉發熱事猶小可更覺兩個眼珠兒直直的起來口角邊津液流出皆不知覺給他個枕頭他便睡下扶他起來他便坐着倒了茶來他便吃茶衆人見了這樣一時忙亂起來又不敢造次去回賈母先要差人去請李嬤嬤來一時李嬤嬤來了看了半天問他幾句話也無回答用手向他脉上摸了摸嘴唇人中上着力掐了兩下掐得指印如許來深竟也不覺疼李嬤嬤只說了一聲可了不得了呀的一聲便摟頭放身大哭起來急得襲人忙拉他說你老人家瞧瞧可怕不怕且告訴我們去回老

太太太太去你老人家怎麽先哭起來李嬤嬤捶床倒枕說這可不中用了我白操了一世的心了襲人因他年老多知所以請他來看如今見他這般一說都信以爲實也哭起來了晴雯便告訴襲人方纔如此這般襲人聽了便忙到瀟湘館來見紫鵑正伏侍黛玉吃藥也顧不得什麽便走上來問紫鵑道你纔和我們寶玉說了些什麽話你瞧瞧他去你回老太太去我也不管了說着便坐在椅上黛玉忽見襲人滿面急怒又有淚痕舉止大變更不免也着了忙因問怎麽了襲人定了一回哭道不知紫鵑姑奶奶說了些什麽話那個獃子眼也直了手脚也冷了話也不說了李媽媽掐着也不疼了已死了大半個了連

媽媽都說不中用了那裡放聲大哭只怕這會子都死了黛玉聽此言李媽媽乃久經老嫗說不中用了可知必不中用哇的一聲將所服之葯一口嘔出抖腸搜肺熾胃扇肝的啞聲大嗽了几陣一時面紅髮亂目腫筋浮喘的抬不起頭來紫鵑忙上來搥背黛玉伏枕喘息了半晌推紫鵑道你不用搥你竟拿繩子來勒死我是正經紫鵑說道我並没說什麽不過是說了几句頑話他就認真了襲人道你還不知道他那傻子每每頑話認了真黛玉道你說了什麽話趁早兒去解說他只怕就醒過來了紫鵑聽說忙下床同襲人到了怡紅院誰知賈母王夫人等已都在那裡了賈母一見了紫鵑便眼內出火罵道你這小

蹄子和他說了什麽紫鵑忙道並没敢說什麽不過說几句頑話誰知寶玉見了紫鵑方噯呀了一聲哭出來了衆人一見都放下心來賈母便拉住紫鵑只當他得罪了寶玉所以拉紫鵑命你陪罪誰知寶玉一把拉着紫鵑死也不放說要去連我帶了去衆人不解細問起來方知紫鵑說要回蘇州去一句頑話引出來的賈母流淚道我當有什麽要緊大事原來是這句頑話又向紫鵑道你這孩子素日是個伶俐聰敏的你又知道他有個獃根子平白的哄他做什麽薛姨媽勸道寶玉本來心實可巧林姑娘又是從小兒來的他姊妹兩個一處長得這麽大比別的姊妹更不同這會子熱剌剌的說一個去別說他是個

實心的傻孩子便是冷心腸的大人也要傷心這並不是什麽大病老太太和姨太太只管萬安吃一兩劑藥就好了正說着人回林之孝家的賴大家的都來瞧哥兒來了賈母道難爲他們想着叫他們來瞧瞧寶玉聽了一個林字便滿床鬧起來說了不得了林家的人接他們來了快打出去罷賈母聽了也忙說打出去罷又忙安慰說那不是林家的人林家的人都死絕了再没人來接他你只管放心罷寶玉道憑他是誰除了林妹妹都不許姓林了賈母道没姓林的來凡姓林的都打出去了一面吩咐衆人已後別叫林之孝家的進園來你們也別說林字兒孩子們你們聽了我這句話罷衆人忙答應又不敢笑一時寶玉又一眼看見了十錦槅子上陳設的一隻金西洋自行船便指着亂說那不是接他們來的船來了灣在那裡呢賈母忙命拿下來襲人忙拿下來寶玉伸手要襲人遞過去寶玉便掖在被中笑道這可去不成了一面說一面死拉著紫鵑不放一時人回大夫來了賈母忙命快進來王夫人薛姨媽寶釵等暫避入裡間賈母便端坐在寶玉身傍王太醫進來見許多的人忙上去請了賈母的安拿了寶玉的手胗了一回那紫鵑少不得低了頭王太醫也不解何意起身說道世兄這症乃是急痛迷心古人曾云痰迷有別有氣血虧柔飲食不能鎔化痰迷者有怒惱中痰急而迷者有急痛壅塞者此亦痰迷之症係急

痛所致不過一時壅蔽較別的似輕些賈母道你只說怕不怕
誰和你背藥書呢王太醫忙躬身笑道不妨不妨賈母道果真
不妨王太醫道實在不妨都在晚生身上賈母道既這麼著請
外頭坐開了方兒吃好了呢我另外預備謝禮叫他親自捧了
送去磕頭要耽悞了我打發人去折了太醫院的大堂王太醫
只管躬身陪笑說不敢不敢他原聽說另具上等謝禮命寶玉
去磕頭故滿口說不敢竟未聽見賈母後來說折太醫院之戲
語猶說不敢賈母與衆人反倒笑了一時按方煎藥來服下
果覺比先安靜無奈寶玉只不肯放紫鵑只說他去了就是要
回蘇州去了賈母王夫人無法只得命紫鵑守著他另將琥珀

去侍黛玉黛玉不時遣雪雁來探消息這晚間寶玉稍安賈母
王夫人等方回去了一夜還遣人來問幾次信李奶媽帶宋媽
等幾個年老人用心看守紫鵑襲人晴雯等日夜相伴有時寶
玉睡去必從夢中驚醒不是哭了說黛玉已去便是說有人來
接每一驚時必得紫鵑安慰一番方罷彼時賈母又命將祛邪
守靈丹及開竅通神散各樣上方秘製諸藥按方飲服次日又
服了王太醫藥漸次好了起來寶玉心下明白因恐紫鵑回去
倒故意作出佯狂之態紫鵑自那日也有些後悔如今日夜辛
苦並沒有怨意襲人心安神定因向紫鵑笑道都是你鬧的還
得你來治也沒見我們這位獃爺聽見風兒就是雨往後怎麽

好暫且按下且說此時湘雲之症已愈天天過來瞧看見寶玉明白了便將他病中狂態形容給他瞧引的寶玉自已伏枕而笑原來他起先那樣竟是不知的如今聽人說還不信無人時紫鵑在側寶玉又拉他的手問道你爲什麼唬我紫鵑道不過是哄你頑罷咧你就認起真來寶玉道你說的有情有理如何是頑話呢紫鵑笑道那些話都是我編的林家真沒了人了總有也是極遠的族中也都不在蘇州住各省流寓不定縱有人來接老太太也必不叫他去寶玉道便老太太放去我也不依紫鵑笑道果真的不依只怕是嘴裡的話你如今也大了連親也定下了過二三年再娶了親你眼睛裡還有誰了寶玉聽了

又驚問誰定了親定了誰紫鵑笑道年裡我就聽見老太太說要定了琴姑娘呢不然那麽疼他寶玉笑道人人只說我傻你比我更傻不過是句頑話他已經許給梅翰林家了果然定下了他我還是這個形景了先是我發誓賭咒砸這勞什子你都沒勸過嗎我病的剛剛的這幾日纔好了你又來慪我一面說一面咬牙切齒的又說道我只願這會子立刻我死了把心迸出來你們瞧見了然後連皮帶骨一槩都化成一股灰再化成一股烟一陣大風吹的四面八方都登時散了這纔好一面說一面又滾下淚來紫鵑忙上來握他的嘴替他擦眼淚又忙笑解釋道你不用著急這原是我心裡着急纔來試你寶玉聽了

更又咤異問道你又著什麼急紫鵑笑道你知道我並不是林家的人我也和襲人鴛鴦是一夥的偏把我給了林姑娘使偏偏他又和我極好比他蘇州帶來的還好十倍一時一刻我們兩個離不開我如今心裡却愁他倘或要去了我必要跟了他去的我是合家在這裡我若不去辜負了我們素日的情長若去又棄了本家所以我疑惑故說出這謊話來問你誰知你就傻鬧起來寶玉笑道原來是你愁這個所以你是傻子從此後再別愁了我告訴你一句打躉兒的話活著偺們一處活着不活着偺們一處化灰化烟如何紫鵑聽了心下暗暗籌畫忽有人回環爺蘭哥兒問候寶玉道就說難爲他們我纔睡了不必

進來婆子答應去了紫鵑笑道你也好了該放我回去瞧瞧我們那一個去了寶玉道正是這話我昨夜就要叫你去偏又忘了我已經大好了你就去罷紫鵑聽說方打疊鋪蓋粧奩之類寶玉笑道我看見你文具兒裡頭有兩三面鏡子你把那面小菱花的給我留下罷我擱在枕頭傍邊睡着好照明日出門帶着也輕巧紫鵑聽說只得與他留下先命人將東西送過去然後別了衆人自回瀟湘館來黛玉今日聞得寶玉如此形景未免又添些病症多哭幾場今見紫鵑來了問其原故已知大愈仍遣琥珀去伏侍賈母夜間人靜後紫鵑已寬衣卧下之時悄向黛玉笑道寶玉的心倒實聽見偺們去就這麼病起來黛玉

不答紫鵑停了半晌自言自語的說道一動不如一靜我們這裡就算好人家別的都容易最難得的是從小兒一處長大脾氣情性都彼此知道的了黛玉啐道你這幾天還不乏趣這會子不歇一歇還嚼什麼蛆紫鵑笑道倒不是白嚼蛆我倒是一片真心為姑娘替你愁了這幾年了又沒個父母兄弟誰是知疼着熱的趁早兒老太太還明白硬朗的時節作定了大事要緊俗語說老健春寒秋後熱倘或老太太一時有個好歹那時雖也完事只怕躭悞了時光還不得趁心如意呢公子王孫雖多那一個不是三房五妾今兒朝東明兒朝西娶一個天仙來也不過三夜五夜也就撂在脖子後頭了甚至於憐新棄舊反

目成仇的多着呢娘家有人有勢的還好要像姑娘這樣的有老太太一日好些一日沒了老太太也只是憑人去欺負罷了所以說拿主意要緊姑娘是個明白人沒聽見俗語說的萬兩黃金容易得知心一個也難求黛玉聽了便說道這丫頭今日可瘋了怎麼去了幾日忽然變了一個人我明日必回老太太退回你去我不敢要你了紫鵑笑道我說的是好話不過叫你心裡留神並沒叫你去為非作歹何苦回老太太叫我吃了虧又有什麼好處說着竟自己睡了黛玉聽了這話口內雖如此說心內未嘗不傷感待他睡了便直哭了一夜至天明方打了一個盹兒次日勉強盥漱了吃了些燕窩粥便有賈母等親來

看視了又囑咐了許多話目今是薛姨娘的生日自賈母起諸人皆有祝賀之禮黛玉也只得備了兩色針線送去是日也定了一班小戲請賈母與王夫人等獨有寶玉與黛玉二人不曾去至晚散時賈母等順路又瞧了他二人一遍方回房去了次日薛姨媽家又命薛蝌陪諸夥計吃了一天酒連忙了三四天方纔完結因薛姨媽看見邢岫烟生得端雅穩重且家道貧寒是個釵荊裙布的女兒便欲說給薛蟠為妻因薛蟠素昔行止浮奢又恐遭塌了人家女兒正在躊躇之際忽想起薛蝌未娶看他二人恰是一對天生地設的夫妻因謀之於鳳姐兒鳳姐兒笑道姑媽素知我們太太有些左性的這事等我慢謀因賈

母去瞧鳳姐兒時鳳姐兒便和賈母說姑媽有一件事要求老祖宗只是不好啟齒賈母忙問何事鳳姐兒便將求親一事說了賈母笑道這有什麼不好啟齒的這是極好的好事等我和你婆婆說沒有不依的因回房來即刻就命人叫了邢夫人過來硬作保山邢夫人想了一想薛家根基不錯且現今大富薛蝌生得又好且賈母又作保山將計就計便應了賈母十分喜歡忙命人請了薛姨媽來二人見了自然有許多謙辭邢夫人即刻命人去告訴邢忠夫婦他夫婦原是此來投靠邢夫人的如何不依早極口的說妙極賈母笑道我最愛管閒事今日又管成了一件事不知得多少謝媒錢薛姨媽笑道這是自然的

揔抬了整萬銀子來只怕不稀罕但只一件老太太既是作媒還得一位主親纔好賈母笑道別的沒有我們家折腿爛手的人還有兩個說着便命人去叫過尤氏婆媳二人來賈母告訴他原故彼此忙都道喜賈母吩咐道偺們家的規矩你是盡知的從沒有兩親家爭禮爭面的如今你算替我在當中料理不可太省也不可太費把他兩家的事週全了回我尤氏忙答應了薛姨媽喜之不盡回家命寫了請帖補送過寧府尤氏深知邢夫人情性本不欲管無奈賈母親自囑咐只得應了惟忖度邢夫人之意行事薛姨媽是個無可無不可的人倒還易說這且不在話下如今薛姨媽既定了邢岫烟為媳合宅皆知邢夫

人本欲接出岫烟去住賈母因說這又何妨兩個孩子又不能見面就是姨太太和他一個大姑子一個小姑子又何妨況且都是女孩兒正好親近些呢邢夫人方罷那薛蝌岫烟二人前次途中曾有一面知遇大約二人心中皆如意只是那岫烟未免比先時拘泥了些不好和寶釵姐妹共處閒談又兼湘雲是個愛取笑的更覺不好意思幸他是個知書達禮的雖是女兒還不是那種佯羞詐鬼一味輕薄造作之輩寶釵自那日見他起想他家業貧寒二則別人的父母皆是年高有德之人獨他的父母偏是酒糟透了的人於女兒分上平常邢夫人也不過是臉面之情亦非真心疼愛且岫烟為人雅重迎春是個老實

人連他自已尚未照管齊全如何能管到他身上凡閨閣中家常一應需用之物或有虧乏無人照管他又不和人張口寶釵倒暗中每相體貼接濟也不敢叫邢夫人知道也恐怕是多心閒話之故如今却是眾人意料之外奇緣作成這門親事岫烟心中先取中寶釵有時仍與寶釵閒話寶釵仍以姊妹相呼這日寶釵因來瞧黛玉恰值岫烟也來瞧黛玉二人在半路相遇寶釵含笑喚他到跟前二人同走至一塊石壁後寶釵笑問他這天還冷的狠你怎麽倒全換了袷的了岫烟見問低頭不答寶釵便知道又有了原故因又笑問道必定是這個月的月錢又沒得鳳姐姐如今也這樣沒心沒計了岫烟道他倒想著不

錯日子給的因姑媽打發人和我說道一個月用不了二兩銀子叫我省一兩給爹媽送出去要使什麽橫竪有二姐姐的東西能著些搭着就使了姐姐想二姐姐是個老實人也不大留心我使他的東西他雖不說什麽他那些丫頭媽媽那一個是省事的那一個是嘴裡不尖的我雖在那屋裡却不敢狠使喚他們過三天五天我倒得拿些錢出來給他們打酒買點心吃纔好因此一月二兩銀子還不彀使如今又去了一兩前日我悄悄的把綿衣服叫人當了幾吊錢盤纏寶釵聽了愁嘆道偏梅家又合家在任上後年纔進來若是在這裡琴兒過去了好再商議你的事離了這裡就完了如今不完了他妹妹的事也

斷不敢先娶親的如今倒是一件難事再遲兩年我又怕你熬
煎出病來等我和媽媽再商議寶釵又指他裙上一個璧玉珮
問道這是誰給你的岫烟道這是三姐姐給的寶釵點頭道他
見人人皆有獨你一個沒有怕人笑話故此送一個這是他聰
明細緻之處岫烟又問姐姐此時那裡去寶釵道我到瀟湘舘
去你且回去把那當票子叫了頭送來我那裡悄悄的取出來
晚上再悄悄的送給你去早晚好穿不然風閃着還了得但不
知當在那裡了岫烟道叫做什麽恒舒是鼓樓西大街的寶釵
笑道這鬧在一家去了夥計們倘或知道了好說人沒過來衣
裳先來了岫烟聽說便知是他家的本錢也不答言紅了臉一

笑走開寶釵也就往瀟湘舘來恰正值他母親也來瞧黛玉正
說閒話呢寶釵笑道媽媽多早晚來的我竟不知道薛姨媽道
我這幾日忙摠沒來瞧瞧寶玉和他所以今日瞧他兩人都也
好了黛玉忙讓寶釵坐下因向寶釵道天下的事真是人想不
到的拿著姨媽和大舅母說起怎麽又作一門親家薛姨媽道
我的兒你們女孩兒家那裡知道自古道千里姻緣一線牽管
姻緣的有一位月下老兒預先註定暗裡只用一根紅綵把這
兩個人的脚絆住憑你兩家那怕隔着海呢若有姻緣的終久
有機會作成了夫婦這一件事都是出人意料之外憑父母本
人都願意了或是年年在一處巳為是定了的親事若是月下

老人不用紅線拴的再不能到一處比如你姐妹兩個的婚姻
此刻也不知在眼前也不知在山南海北呢寶釵道惟有媽媽
說動話拉上我們一面說一面伏在母親懷裡笑說咱們走罷
黛玉笑道你瞧瞧這麼大了離了姨媽他就是個最老道的見
了姨媽他就撒嬌兒薛姨媽將手摩弄著寶釵向黛玉歎道你
這姐姐就和鳳哥兒在老太太跟前一樣有了正經事就有話
和他商量沒有了事幸虧他開我的心我見了他這樣有多少
愁不散的黛玉聽說流淚歎道他偏在這裡這樣分明是氣我
沒娘的人故意來形容我寶釵笑道媽媽你瞧他這輕狂樣兒
倒說我撒嬌兒薛姨媽道也怨不得他傷心可憐沒父母到底

沒個親人又摩挲著黛玉笑道好孩子別哭你見我疼你姐姐
你傷心不知我心裡更疼你呢你姐姐雖沒父親到底有我有
親哥哥這就比你強了我常和你姐姐說心裡狠疼你只是外
頭不好帶出來他們這裡人多嘴雜說好話的人少說歹話的
人多不說你無依靠為人做人配人疼只說我們看着太太疼
你我們也洑上水去了黛玉笑道姨媽既這麼說我明日就認
姨媽做娘姨媽若是棄嫌就是假意疼我薛姨媽道你不厭我
就認了寶釵忙道認不得的黛玉道怎麼認不得寶釵笑道我
且問你我哥哥還沒定親事為什麼反將邢妹妹先說給我兄
弟了是什麼道理黛玉道他不在家或是屬相生日不對所以

先說與兄弟了寶釵笑道不是這樣我哥哥已經相準了只等
來家纔放定也不必提出人來我說你認不得娘的細想去說
着便和他母親擠眼兒發笑黛玉聽了便一頭伏在薛姨媽身
上說道姨媽不打他我不依薛姨媽摟着他笑道你別信你姐
姐的話他是和你頑呢寶釵笑道眞個媽媽明日和老太太求
了聘作媳婦豈不比外頭尋的好黛玉便攏上來要抓他口內
笑說你越發瘋了薛姨媽忙笑勸用手分開方罷又向寶釵道
連邢姑娘我還怕你哥哥遭塌了他所以給你兄弟說這孩
子我也斷不肯給他前日老太太要把你妹妹說給寶玉偏生
又有了人家不然倒是門子好親事前日我說定了邢姑娘老

太太還取笑說我原要說他的人誰知他的人沒到手倒被他
說了我們一個去了誰是頑話細想來倒也有些意思我想寶
琴雖有了人家我雖無人可給難道一句話也沒說我想你寶
兄弟老太太那樣疼他他又生得那樣若要外頭說去老太太
斷不中意不如把你林妹妹定給他豈不四角俱全黛玉先還
怔怔的聽後來見說到自己身上便啐了寶釵一口紅了臉拉
着寶釵笑道我只打你爲什麽招出姨媽這些老沒正經的話
來寶釵笑道這可奇了媽媽說你爲什麽打我紫鵑忙跑來笑
道姨太太旣有這主意爲什麽不和太太說去薛姨媽笑道這
孩子急什麽想必催着姑娘出了閣你也要早些尋一個小女

婿子去了紫鵑飛紅了臉笑道姨太太真個倚老賣老的說着便轉身去了黛玉先罵又與你這蹄子什麼相干後來見了這樣也笑道阿彌陀佛該該該也臊了一鼻子灰去了薛姨媽母女及婆子丫環都笑起來一語未了忽見湘雲走來手裡拿着一張當票口內笑道這是什麼賬篇子黛玉瞧了不認得地下婆子都笑道這可是一件好東西這個乖不是白教的寶釵忙一把接了看時正是岫烟纔說的當票子忙着摺起來薛姨媽忙說那必是那個媽媽的當票子失落了回來急的他們找那裡得的湘雲道什麼是當票子眾婆子笑道真真是位獃姑娘連當票子也不知道薛姨媽嘆道怨不得他真真是侯門千金

而且又小那裡知道這個那裡去看這個就是家下人有這個他如何得見別笑他是獃子若給你們家的姑娘看了也都成了獃子呢眾婆子笑道林姑娘纔也不認得別說姑娘們就如寶玉倒是外頭常走出去的只怕也還沒見過呢薛姨媽忙將原故講明湘雲黛玉二人聽了方笑道這人也太會想錢了姨媽家當鋪也有這個麼眾人笑道這更奇了天下老鴰一般黑豈有兩樣的薛姨媽因又問是那裡拾的湘雲方欲說時寶釵忙說是一張死了沒用的不知是那年勾了賬的香菱拿着哄他們頑的薛姨媽聽了此話是真也就不問了一時人來回那府裡大奶奶過來請姨太太說話呢薛姨媽起身去了這裡屋

內無人時寶釵方問湘雲何處拾的湘雲笑道我見你令弟媳的丫頭篆兒悄悄的遞給鶯兒鶯兒便隨手夾在書裡只當我沒看見我等他們出去了我偷著看竟不認得知道你們都在這裡所以拿來大家認認黛玉忙問怎麼他也當衣裳不成既當了怎麼又給你寶釵見問不好隱瞞他兩個便將方纔之事都告訴了他二人黛玉聽了兔死狐悲物傷其類不免也要感嘆起來了湘雲聽了却動了氣說道等我問着二姐姐去我罵那起老婆子丫頭一頓給你們出氣何如說着便要走出去寶釵忙一把拉住笑道你又發瘋了還不給我坐下呢黛玉笑道你要是個男人出去打一個抱不平兒你又充什麽荊軻聶政

真眞好笑湘雲道既不叫問他去明日索性把他接到偺們院裡一處住去豈不是好寶釵笑道明日再商量說着人報三姑娘四姑娘來了三人聽說忙掩了口不提此事要知端詳且聽下回分解

紅樓夢第五十七回終